Ilse Blomberg

„Ja, dann machen Sie mal auf!"

Alltagsgeschichten

Ilse Blomberg:

„Ja, dann machen Sie mal auf!"

Alle Rechte liegen bei der Autorin

Titelfoto: Kristina Krätzschmar

Foto Rückseite: Martin Blomberg

Ahlen, Mai 2007

Books on Demand GmbH

ISBN 9783833494185

Inhaltsverzeichnis

Fahren Sie nach Köln 8

Kein Weihnachten ohne Socken 14

Die Befreiung 18

Zwei rechts – zwei links 25

Warum nicht einmal einen Rosé zum Fisch 29

In welchem Buch verstecken Sie Ihr Geld 33

Laufkundschaft 36

Käthe, ich sage dir 40

Romano Gamba 44

Kennen Sie jemanden in Köln 48

Liebe Leserin, lieber Leser!

Wer oder was ist Ihnen heute schon begegnet?
Möchten Sie diese Begegnung festhalten oder lieber verges-
sen?
Ich habe Begegnungen schriftlich festgehalten und versucht,
sie so wieder zu geben, dass sie sichtbar und hörbar werden.
Lesen Sie selbst, ob es mir gelungen ist.

Ihre Ilse Blomberg

Fahren Sie nach Köln?

Der Kabarettist Konrad Beikircher bestätigt in seinen Bemerkungen über den Westfalen sämtliche Urteile und Vorurteile, die es über den Westfalen gibt. Der Westfale an sich ist stur. An den Westfalen ist schwer ranzukommen. Um dem Westfalen den Mund zu öffnen, braucht man Kontaktspray. Wo der Westfale steht, da steht er nicht nur, da wurzelt er, und es grenzt schon an ein Wunder, dass aus dieser Art westfälischer Einzeller so dicke Kartoffeln werden. Solche Behauptungen stellt Konrad Beikircher nicht nur im Kölner Raum auf, wo er zu Hause ist, nein. Solche Behauptungen stellt er auch unter Westfalen auf,
z.B. in der Ahlener Stadthalle. Und er hat keine Angst vor faulen Tomaten (so schnell reagieren die Westfalen nicht).Die Westfalen kämen nicht einmal auf die Idee ihn mit Tomaten zu bewerfen, denn sie lachen und lachen und lachen über all seine westfälischen tiefenpsychologischen Erkenntnisse. Ja, weshalb eigentlich? Entweder sie finden sich voll erkannt und anerkannt, angenommen und geliebt oder sie denken: Der macht nur Witze, wir sind doch ganz anders. Spontan, herzlich und auf keinen Fall stur. Ja gut, beharrlich und eine gewisse Liebe zur Scholle, aber stur sind wir eigentlich nicht.
Ich z.B. halte mich nicht für stur. Ich grüße freundlich und lache viel. Viele Westfalen sind ja da anders, da fallen mir auch sofort welche ein, aber ich doch nicht.
Und dann kam ein Tag, an dem ich mir selbst den westfälischen Spiegel vorhalten musste.
Aber voll.
Es war ein Muttertag. Meine Tochter wohnte zu der Zeit in Aachen. Ich benutzte den RE, der stündlich von Bielefeld bis

Aachen durchfährt. Von Ahlen bis Aachen benötigt er 3 Stunden.

Ich fuhr recht früh los, denn ich wollte noch am gleichen Tag zurück. Kristina und ich hatten einen wunderschönen Tag. Wir fuhren von Aachen nach Maastricht in Holland. Schönes Wetter, wunderschöne Altstadt, uns ging es richtig gut. Wir speisten fürstlich, bummelten, tranken hier noch einen Espresso, da noch einen Wein an der Maas und fuhren wieder nach Aachen zurück. Ein wunderschöner erfüllter Tag.

Für die dreistündige Zugfahrt zurück kaufte ich mir eine Frauenzeitschrift. Wenn ich die durch hatte, so schätzte ich, war ich in Ahlen.

Zwischen Aachen und Köln ist der RE noch nicht so voll. Die meisten Leute steigen erst in Köln ein. Ich bekam einen schönen Sitzplatz am Fenster und fing sofort an, meine Zeitung zu lesen. Die Klimaanlage war ein wenig zu kalt eingestellt und so legte ich meine schwarze Jacke über meine Knie. In Stolberg stiegen mehrere Leute zu. Ein Mann setzte sich neben mich, obwohl noch genügend Plätze frei waren. Das passte mir nicht. Ich drehte mich intensiv zur Fensterseite ab und schlug meine Zeitung auf. Nachdem der Zug sich wieder in Bewegung gesetzt hatte, merkte ich, dass der Mann Kontakt mit mir aufnehmen wollte. Er beugte seinen Oberkörper vor und verlagerte seine Körperhälfte in meine Richtung. Ich guckte noch angestrengter aus dem Fenster oder in die Zeitung. Dann erreichte ein leichter Alkoholduft meine Geruchsnerven und ich ging noch mehr auf Distanz. Ich wollte doch nur hier sitzen, meine Zeitung genießen und in Ruhe gelassen werden. War das zuviel verlangt?

Für meinen Mitfahrer offensichtlich wohl und so sprach er mich mit großer Freundlichkeit in der Stimme an.

„Was haben Sie da auf Ihrem Knie?"

„Eine Jacke."
„Ist Ihnen kalt?"
„Ja."
„So, da ist Ihnen kalt."
„Fahren Sie öfter diese Strecke? „
„Ja."
„So und da wussten Sie vorher schon, dass Ihnen kalt ist?"
„Ja."
„So, dass Ihnen kalt ist, das wussten Sie schon vorher."
Er schwieg erstaunt, dachte wohl intensiv über meinen Weitblick nach. Während des kleinen Gespräches drehte ich mich natürlich nicht zu ihm um und nahm auch keinen Blickkontakt mit ihm auf. Er sollte ruhig merken, dass ich mich nicht unterhalten wollte. Ein paar Minuten gab er Ruhe und lehnte sich in seinen Sitz zurück. Dann drehte er sich wieder in meine Richtung und fragte:
„Fahren Sie nach Köln?"
„Nein."
„Ach, Sie fahren nicht nach Köln."
„Steigen Sie in Köln aus?"
„Nein."
„Auch nicht."
„Kennen Sie jemanden in Köln?"
„Nein." (Natürlich kenne ich jemanden in Köln. Christel und Rudolf Werner mögen mir verzeihen, aber das ging ihn ja nun so gar nichts an.)
„So, Sie fahren nicht nach Köln. Sie steigen nicht in Köln aus. Sie kennen keinen in Köln.
Ja, was bleibt denn da noch über?"
Schweigen.
Dann simulierte er halblaut vor sich hin.

„Sie kennt keinen in Köln. Sie steigt nicht in Köln aus, sie fährt nicht nach Köln."

Aber so schnell gibt ein Kölner wohl nicht auf. Einen Versuch startete er noch.

„Besuchen Sie jemanden in Köln?"

Soviel Scharfsinn in ein paar Minuten - den Mann musste ich mir doch genauer ansehen.

Ich wagte einen schrägen Blick.

Sah sehr nett aus. Offenes freundliches Gesicht. Lockige mittelblonde Haare und nichts als Freundlichkeit auf den Lippen und in den Augen und natürlich eine Fahne.

Ich aber konnte mit seiner Freundlichkeit nichts anfangen und noch weniger mit seiner Fahne.

„Nein, ich besuche niemanden in Köln," drehte ich mich wieder in meine Ausgangsposition zurück. Er brauchte einige Zeit, um über alles nachzudenken, dann teilte er mir das Ergebnis seiner logischen Denkart mit.

„Wissen Sie, Sie kennen keinen in Köln, besuchen keinen in Köln, steigen nicht in Köln aus und fahren nicht nach Köln, da fällt mir nichts mehr ein, da gibt es nichts mehr, da bin ich sprachlos."

Sprachlos, das war ein gutes Stichwort für mich:

„Gott sei Dank", murmelte ich in sein Selbstgespräch und drehte mich zu ihm um.

Er merkte meinen leichten Spott, lehnte sich lächelnd, ein wenig verständnisvoll lächelnd, ja fast mitleidig lächelnd zurück.

„Endlich gibt er auf", dachte ich.

Aber nein, noch gab er nicht auf.

Und ich erinnerte mich wieder an Konrad Beikircher, der über den Rheinländer sagt: „Es ist nicht wichtig, was er spricht, sondern, dass er spricht."

Kurz vor Köln Ehrenfeld sprach er wieder und versuchte, mir die Kölner Art nahe zu bringen.

„Gucken Sie mal. Der Kölner muss sich unterhalten. Wenn er im Bus ist oder in der U-Bahn, im Park oder im Zug, sagen wir mal, wenn er unter Menschen ist. Das ist die Kölner Art. Das geht nicht anders. Und ich bin Kölner, da kann ich nicht anders".

Ich antwortete nicht und war erleichtert, als der Zug in Köln Hbf. einfuhr. Die Mitreisenden standen auf und bildeten eine Reihe bis zur Tür. Mein Kölner Jung saß noch neben mir. Dann stand er auch ein wenig schwankend auf und ging Richtung Tür. Plötzlich drehte er sich um, schaute mir voll ins Gesicht und fragte: „Habe ich Sie belästigt?"

Da war ich für einen Moment bereit: „ Nein!" zu sagen, aber dann dachte ich: „Das ist nicht die Wahrheit und die muss er jetzt mal hören." So schaute ich ihm auch voll ins Gesicht und sagte: „Ja".

Da verzog er seine eben noch freundlichen Lippen und jammerte:

„Wirklich, ich habe Sie belästigt? Das wollte ich nicht. Ich habe Sie belästigt? Ich bin erschüttert."

Soviel Gemütsbewegung ließ mich nachsichtig mit ihm werden und ich sagte: „Ist ja schon gut, war ja nicht so schlimm." Er aber tat noch ein Übriges. Er ging vor mir auf die Knie und sagte zerknirscht: „Verzeihung, das wollte ich nicht." Tränen glänzten in seinen Augen. Mensch, war mir das peinlich. „Was machen Sie denn da?", zischte ich ihn an. „Stehen Sie sofort auf!" Mit einem Ruck stand er auf und ging so schnell ihn seine Füße trugen zum Ausgang. Ich aber blieb meinerseits überrascht und erschüttert zurück.

Was hatte ich getan?

Was hatte ich angerichtet?

Er wollte doch nur freundlich sein und sich ein wenig unterhalten. Warum konnte ich das nicht ertragen?
Nach längerem Nachdenken und in mich Hineinhorchens fand
ich die Erklärung für mein Verhalten. Ich fand die Erklärung
so zwischen Dortmund und Hamm. So etwa bei Kamen.
Am Muttertag des Jahres 2001 auf der Fahrt mit dem RE von
Aachen nach Ahlen, genau genommen zwischen Stolberg und
Köln Hbf., da war das Westfälische voll aus mir rausgebro-
chen. Da war ich ja sozusagen unschuldig.

Kein Weihnachten ohne Socken oder
Ohne Socken kein Weihnachten

Es gibt Leute, die machen sich schon am Heiligen Abend Gedanken über Geschenke für den nächsten Heiligen Abend und haben im Sommer alle Weihnachtsgeschenke zusammen. Es gibt Leute, die bespitzeln ihre Familien und schreiben bis zum Herbst heimlich die irgendwann im Laufe der Zeit geäußerten Wünsche auf. Sie haben dann noch genügend Zeit, um alles in Ruhe zu besorgen.
Aber es gibt auch Leute, die besorgen ihre Geschenke erst am Heiligen Abend. Aus welchen Gründen auch immer.
Mein Vetter Manfred Blomberg erzählte, dass er noch 5 Minuten vor Geschäftsschluss am Heiligen Abend 2 Fernsehgeräte verkauft hat. Andreas Schulze Henne verspürte auch erst am Heiligabend den Drang, seiner Frau eine Schallplatte zu kaufen, die sie gerne hörte. Das ist nun schon 30 Jahre her. Die Geschäfte schlossen damals am Heiligabend um 12.00 Uhr. So flitzte er um 5 Minuten vor 12 ins Radio- und Fernsehgeschäft Dr. W. Franz und äußerte seinen Wunsch. Dass er weder den Titel, noch den Interpreten der gewünschten Platte kannte, machte nur ihm Sorgen. Nicht so dem gewieften Verkäufer. Der hatte nämlich die Hoffnung, dass Andreas wenigstens einige Töne des Musikstückes singen konnte. Das konnte er tatsächlich und der Verkäufer wusste schon beim ersten Ton, dass es sich um den Sänger Lobo handelte und konnte ihm helfen.

Bei mir ist das so. Meine erwachsenen Kinder leben nicht mehr zu Hause. So mit Beginn der dunklen Abende flattern

14

ihre Wünsche ins Haus. Früher per Post oder Telefon. Heute inzwischen per E-Mail.

Dann schaue ich mir ihre Wunschlisten an und treffe meine Entscheidung. Aber unabhängig von dem, was sich meine Kinder wünschen, ich sorge immer dafür, dass etwas Nützliches dabei ist. Das kenne ich noch aus meiner Kindheit. Neben den Spielsachen lagen immer ein Nachthemd von Tante Maria genäht und Bettschühchen von meiner Mutter gestrickt. Und so bekommen meine Jungen jedes Jahr zu Weihnachten mindestens zwei Paar Socken und drei Boxershorts.

Ich würde auch einen Schlips dazulegen, wenn sie ihn tragen würden.

Im vorigen Jahr bekam ich von meinem Sohn Martin und meiner Tochter Kristina die bewährten Wunschlisten. Hans Kristian aber rief mich an. „Mama, ich brauche dir gar keine große Wunschliste zu nennen. Ich wünsche mir nur eines. Etwas Phantasievolles, Witziges, etwas, das in meine Wohnung passt und edel ist."

Witzig, phantasievoll und edel!?

Da überdachte ich doch meine Schenkpraxis. War denn in den letzten Jahren etwas Witziges, Phantasievolles und Edles dabei gewesen? Hatte mein Junge immer auf etwas gewartet, das jedenfalls von meiner Seite nie angekommen war?

Also keine Socken,

keine Boxershorts!

Etwas Phantasievolles, Witziges und Edles!

In diesem Jahr wollte ich es richtig machen und sein Herz berühren.

Als mir trotz langem Nachdenkens nichts einfiel, auf das alle diese Attribute zutrafen, fuhr ich über Land zu Werner Wichmann, Chef der Wohnkugel in Sendenhorst. Er sollte mir helfen, das richtige Geschenk zu finden.

Nachdem ich Herrn Wichmann den Geschenkwunsch meines Sohnes mitgeteilt hatte, sagte er:

„Da haben wir bestimmt etwas, da werden wir etwas finden. Komm mal mit."

Ich folgte ihm durch sein wunderschönes Geschäft und musste wirklich staunen. Alles, was er mir vorschlug, gefiel mir. Aber gefiel es auch meinem Sohn?

Doch dann sah ich es. Und alle Eigenschaften passten auf diesen Artikel. Phantasievoll, witzig, edel.

Es war eine Kugelbahn.

Die Kugelbahn besteht aus zwei nicht ganz nebeneinander stehenden Plexiglasplatten, zwischen die man oben ein bis fünf Murmeln einlegt. Diese bewegen sich dann im Zick-Zack-Kurs nach unten. Das Interessante daran ist, dass die Murmel zwischen den Plexiglasplatten eine Linie verfolgt, die auf den Platten nicht markiert und also auch nicht erkennbar ist.

Das war es. Ich dankte für die perfekte Beratung und freute mich schon auf das Gesicht meines Sohnes am Heiligen Abend.

Und es war der Volltreffer.

Mein Sohn riss die Augen auf und freute sich wie damals als Kind über das Piratenschiff von Lego und den Vogel Piepsi. Er bedankte sich überschwänglich.

Nachdem die Bescherung vorbei und auch der Magen zu seinem Recht gekommen war, setzte ich mich mit einem Glas Rotwein an den Kamin und war so richtig zufrieden.

Hans Kristian aber schlich noch um die Geschenke herum. Hier und da entfaltete er das schon zusammengelegte Einpackpapier. Ich sah ihm dabei zu.

„Suchst du noch etwas, Junge?", fragte ich ihn.

Mein Junge setzte sich mit einer Flasche Bier in der Hand neben mich und antwortete: „Ja, Mama, ich suche noch etwas. Wo sind denn die Socken?"

„Welche Socken, Krischi?"

„Ja, du schenkst mir doch jedes Jahr zu Weihnachten Socken, Mama."

„Sicher, sonst schon, aber ich dachte, das wäre zu phantasielos und nicht witzig."

„Mama, aber ohne Socken kein Weihnachten!"

Ohne Socken kein Weihnachten?

Genauso wäre es mir damals auch gegangen, wenn unter dem Weihnachtsbaum nicht das Nachthemd von Tante Maria und die Bettschühchen von meiner Mutter gelegen hätten.

Ohne Socken kein Weihnachten.

Und da wusste ich einmal mehr, was mein großer erwachsener Sohn (heute zu Hause in der Großstadt, in der Welt der Medien) vor allem zu Weihnachten braucht. Etwas, worauf er sich verlassen kann.

Socken.

Und ich schwöre: Solange ich lebe, bekommt er seine Weihnachtssocken von mir.

Die Befreiung

Ich habe nichts gegen Männer. Im Allgemeinen verhalte ich mich ihnen gegenüber korrekt. Ich tue ihnen nichts und erwarte das Gleiche auch von ihrer Seite. Selbst an Weiberfastnacht weiß ich mit den Privilegien dieses Tages nichts anzufangen. Ich stecke keine Schere ein, um einem Mann den Schlips oder gar die Schuhbänder abzuschneiden. Ich verteile auch keine Bützchen an Polizeibeamte oder andere Uniformträger. Ich nicht. Vor mir braucht sich kein Mann zu fürchten, auch an Weiberfastnacht nicht.

Warum aber fuhren an Weiberfastnacht des Jahres 2002 sechs Männer, können auch sieben gewesen sein, mit ihren blitzenden Autos, eines größer als das andere bei mir vor und standen wenig später geschniegelt und gestriegelt, Charme versprühend, höflich und freundlich in meiner Diele, einer sogar in meinem Bad?

Also, das hat überhaupt nichts mit Weiberfastnacht zu tun. An den dachte ich erst, als alles vorbei war.

Das Verhängnis nahm eigentlich schon am Abend vor dem Donnerstag seinen Lauf.

Ich machte die Tür zu meinem Bad auf und merkte, dass sich die Klinke mehr als sonst aus der Verankerung löste. Ich dachte noch: Ruf mal Morgen Herrn Beyer an, damit das wieder in Ordnung kommt.

Am anderen Morgen, dem Donnerstag eben, stand ich wie immer um 5.50 Uhr auf, schlüpfte in meinen dicken weißen Bademantel, zog Haussocken an und brachte die Kaffeemaschine in Gang. In der Zeit als der Kaffe durchlief, spurtete ich auf leisen Sohlen die Treppe hinunter, begrüßte die Katze

Molli, holte meine Zeitung aus dem Briefkasten und lief die Treppe wieder hinauf. Ich war gut in der Zeit, trank in aller Ruhe meinen Kaffee und las. Als die Uhr 6.3o Uhr zeigte, dachte ich: Jetzt aber los, duschen, sonst wird's knapp. Und so betrat ich das Badezimmer. Die lose Klinke hatte ich schon längst vergessen.

So gegen 6.45 Uhr verließ ich die Dusche wieder, trocknete mich ab und zog mir den Bademantel und die Socken wieder an, denn ich friere nicht gern. Mein Griff zur Türklinke war gezielt einfach, nicht anders als an jedem Morgen, aber an diesem Morgen, genau genommen ab dem Griff zur Türklinke war nichts mehr so wie es sonst war. Ich hatte in kürzester Zeit nicht nur die Türklinke in meiner Hand, nein auch die Blende. Die Tür guckte mich nunmehr mit einem großen Schlüsselloch an und blieb zu.

„Das haben wir gleich.", dachte ich. „Da gebrauche ich Gewalt." Ich fand aber im ganzen Badezimmer keinen geeigneten Gegenstand, um der Tür Gewalt anzutun. Weder Zahnbürste, noch Haarbürste oder Kamm erwiesen sich als gewaltgeeignet, und so blieb die Tür zu. Jetzt versuchte ich es mit den der Tür abhanden gekommenen Teilen. Ich versuchte, die Türklinke einzuhaken. Die Tür blieb zu.   Inzwischen war es schon 7.00 Uhr geworden und ich begann zu ahnen, dass ich mit diesem Problem nicht alleine fertig werden würde. Keine drei Meter vom Bad entfernt lagen Mobiltelefon und Handy, aber jetzt unerreichbar fern. Wie mache ich mich bemerkbar? Als Erstes klopfte ich mit einem harten Gegenstand SOS an die Heizung. Ich dachte, das muss doch jeder im Hause hören. Den Vorgang wiederholte ich mehrmals und wartete. Alles blieb ruhig. Dann öffnete ich den Toilettendeckel und rief in

die offene Toilette den Namen meiner direkt unter mir woh-
nenden Nachbarin. Mehrmals. Meine Nachbarin hörte mich
nicht. „Nun," dachte ich: „ wenn aus dem Haus keine Rettung
kommt, dann muss sie von der Straße kommen." Ich öffnete
das Badezimmerfenster. Draußen war es noch dunkel. Ich
entdeckte keine Fußgänger auf der Straße. Aber da parkten
Autos. Irgendein Autobesitzer musste ja irgendwann zur Arbeit fahren. Ich war wachsam. So konzentrierte sich meine
Suche nach Hilfe auf drei Bereiche. SOS-Klopfen an die Heizung, Rufen durch die Toilettenschüssel und Abpassen eines
Autofahrers. Natürlich fuhr gerade in dem Moment, als ich an
die Heizung schlug, die Besitzerin eines Ford K zur Arbeit
und ich sah nur noch die Rücklichter.

Als ich merkte, dass meine 3 Hoffnungsträger, Heizung, Toilettenschüssel und Auto nicht funktionierten, überkam mich
eine große Traurigkeit, so groß, dass ich schon anfangen wollte zu weinen. Aber ich schob diese Schwäche zur Seite und
sagte mir: „Das wird schon!" Allmählich belebte sich die
Straße. Da erblickte ich unter meinem Badezimmerfenster,
das sich im 2. Obergeschoss befindet, unten auf dem Gehweg
eine Mutter, die ihre Tochter zur Schule brachte. Sie gingen
zu Fuß. Die Mutter schob das Fahrrad, mit dem sie auch den
Tornister der Tochter transportierte. Ich rief: „Hallo, hallo!"
Die beiden schauten nach oben. „Ich bin in meinem Bad und
komme nicht mehr heraus. Können Sie bitte bei einem Nach-
barn schellen?" Die Frau reagierte freundlich und schellte bei
einer Nachbarin an. Erfreut konnte ich feststellen, dass das
Licht im Flur anging und ein Gespräch stattfand. Als die
hilfsbereite Frau sich entfernte, winkte ich ihr erleichtert nach
und wartete darauf, dass meine Nachbarin sich auf die Straße

begab. Aber ich wartete vergebens. Das Flurlicht ging wieder aus, das Treppenhaus lag wieder im Dunkeln. Ich verstand die Welt nicht mehr. Inzwischen war es 7.40 Uhr. Normalerweise wäre ich schon längst in der Schule gewesen. Der Unterricht beginnt bei uns in Vorhelm um 7.45 Uhr. Bei dem Gedanken überkam mich aber keine Hektik, sondern mich überkam eine große Ruhe. Ich war vollkommen unschuldig an meiner misslichen Situation. Die Umstände waren gegen mich. Ich konnte nichts anderes machen, als abwarten und auf Hilfe hoffen. Sollte ich die widrigen Umstände nutzen und das Bad putzen? Nein, das nun auch wieder nicht. Also musste ich weiter auf mich aufmerksam machen und meine Rettung vom offenen Fenster aus betreiben. Auf der Straße war es jetzt recht laut. Der Autoverkehr hatte deutlich zugenommen, Schüler preschten über den Radfahrweg, sowohl rechts als auch links. Zu Fuß gehende Schüler riefen sich über die Straße hinweg etwas zu. Von den Schülern wollte ich aber aus meinem Gefängnis heraus niemanden anrufen. Das war mir dann doch zu lächerlich. Also wartete ich geduldig bis der Schülerlärm an anderer Stelle weiterwogte, nämlich am Städt. Gymnasium und an der Overbergschule. Inzwischen war es kurz vor 8.00 Uhr und auch hell geworden. Dann sah ich einen Mann, der von der Hammer Straße kommend auf der mir gegenüber liegenden Seite Richtung Stadthalle eilte. Der sah vernünftig und tatkräftig aus. Er sollte mir helfen. Als er direkt mir gegenüber war, rief ich: „Hallo, hallo!" Auch er reagierte sofort, hielt seinen eiligen Schritt an und schaute zu mir herauf. Ich erklärte ihm die Situation folgendermaßen: „Ich bin in meinem Bad eingeschlossen. Ich bekomme die Tür nicht mehr auf. Können

Sie mir helfen? Schellen Sie bei meiner Nachbarin Frau Abel an."

Mehr wollte ich gar nicht. Meine feste Überzeugung war, dass meine Nachbarin den Hausbesitzer anruft, der über einen Zweitschlüssel verfügt und eine Lösung findet. Und so wäre es auch gewesen. Aber mein Helfer auf der anderen Seite hatte eine andere Lösung im Sinn. Er antwortete sehr freundlich: „Ich habe keine Zeit, denn ich habe einen Termin bei Dr. Thomitzek. Ich regele von dort alles." Mir war es auch schon egal und ich sagte: „Danke!"   Inzwischen befand ich mich seit 1 und ¼ Stunde unfreiwillig im Bad. Aber die Befreiung war in Sicht. Ich entspannte mich ein wenig und verließ meinen Fensterplatz für einige Minuten. Dann schaute ich wieder aus dem Fenster. Er hatte mir ja versprochen, sich zu kümmern. Aber weder er noch jemand aus der Praxis ließ sich blicken. Ich dachte: Ist denn die Welt mit Brettern vernagelt? Wieder nichts? Dann hörte ich es. Ziemlich weit weg. Tatü-Tata-tatü-tata! „Na!", dachte ich, „dich können sie ja nicht meinen. Bei dir brennt es ja nicht." Aber das laute Tatü-tata kam näher.

In mir machte sich eine leichte Unruhe breit. Jetzt hörte der Signalton auf und ich sagte zu mir: „Siehste, die meinen nicht dich!" Aber sie meinten mich doch und ich konnte von meinem Fenster aus ein blitzendes Feuerwehrauto und einen Rettungswagen ausmachen; wenig später noch ein Polizeiauto. Nach meinem ersten Schrecken, die ersten Herren waren schon im Hausflur, rief ich einem Feuerwehrmann vom Fenster aus zu: „Hier oben ist es, aber hier brennt es kein bisschen!" „Ja, dann kommen Sie mal rum und machen auf!" „Ja, das kann ich eben nicht, ich bin hier eingeschlossen!" „Ja, keine Sorge, dann kommen wir von außen rum." Er rief einem Feuerwehrmann etwas zu und schon konnte ich Geräusche vor meiner Wohnungstür ausmachen. Es dauerte nicht lange, da öffnete sich die Tür zu meinem Badezimmer und ein baumlanger, verschmitzt lächelnder Feuerwehrmann fragte mich: „Was, Sie kommen aus Ihrem Bad nicht raus?"

„Jetzt schon", antwortete ich ihm. In diesem Moment ging das Telefon und ein weiterer Mitarbeiter der Rettungsaktion reichte mir den Apparat. Mein Schulleiter, Norbert Prinz, war am anderen Ende der Leitung. „Hallo, habe ich mich verwählt? Ilse? Was ist los? Wer ist da alles im Hintergrund?" „Norbert", antwortete ich, ich bin gerade aus meinem Bad befreit worden und bewege mich mit einem Bein in Richtung Freiheit." „Und der Lärm im Hintergrund?" „Das sind die Herren von der Feuerwehr, die freuen sich mit mir."

Ja und dann kam natürlich seine Schulleiterfrage: „Wann kannst du denn hier sein?"

„Vor einer halben Stunde schaffe ich es nicht, ich muss mich erst noch anziehen."

„Gut, dann bis gleich!" Später sagte er mir, dass er aufgrund der vielen Stimmen im Raum zunächst dachte, er hätte sich verwählt und dann, dass bei mir eine Weiberfastnachtsparty im vollen Gang wäre. Ausgerechnet – eine Weiberfastnachtssause bei mir.

Die Herren der Rettung waren schnell und geschickt. Wie sie in kürzester Zeit, ohne die Etagentür zu beschädigen in der Wohnung waren, grenzt an Zauberei und wie sie ohne Lärm zu machen auch noch die Badezimmertür aufbekamen, ebenso. Zwischendurch schauten zwei Herren von der Polizei herein. Aber so schnell wie sie ihren Kopf durch die Tür steckten, so schnell waren sie auch schon wieder heraus. Hier gab es ja keinen Kriminalfall. Die anderen Herren blieben ein wenig länger, einer schrieb ein Protokoll, ein anderer klärte mich über die Ursache meiner unzuverlässigen Türklinke auf, ein anderer reparierte die Tür und jemand sagte: „Wir haben nichts kaputt gemacht, sehen Sie sich mal die Außentür an." Nein, sie hatten nichts kaputt gemacht, nur alles wieder heil und mir herausgeholfen aus meinem Gefängnis. Ich war und bin ihnen ewig dankbar. Dann waren sie fertig und ihr Einsatz erfolgreich. Bevor sie gingen, bedankte ich mich hundertmal bei ihnen, so froh war ich. Ich hätte ihnen auch noch gern Kaffee gekocht, aber mein Schulleiter drängte auf Anwesenheit. Und das hatten sie ja mitbekommen.

So wünschte mir der Einsatzleiter: „Einen erfolgreichen Unterricht" und „einen schönen Tag." Und ich freute mich nicht nur über diesen guten Wunsch, sondern auch darüber, dass unsere Stadt eine so gut funktionierende und freundliche Feuerwehrmannschaft hat." Und da fiel mir endlich der Weiberfastnachtstag ein und ich sah schon alle Mädchen unserer Schule auf die Jungen losgehen, gnadenlos. Hätte ich vielleicht an Weiberfastnacht 2002 auch einmal auf freundliche Feuerwehrleute losgehen sollen? Mit einem Bützchen etwa? Aber das ist nicht so meine Art. Doch allein, dass mir der Gedanke gekommen ist, zeigt, dass die Herren einen tiefen Eindruck bei mir hinterlassen haben.

Zwei rechts, zwei links!

Neulich habe ich meine Nachbarinnen zum Kaffee eingeladen. War nett. Wir hatten endlich einmal Zeit gefunden, uns ein wenig näher kennen zu lernen, redeten dieses und jenes und auch über uns. Da überraschte mich eine Nachbarin mit folgender Frage:
„Was für eine Lehrerin sind Sie eigentlich? Ich habe gehört, Sie sind nur Musiklehrerin."
Nun, ich dachte immer, dass ich seit über dreißig Jahren Grundschullehrerin bin, hätte sich in einer Kleinstadt wie Ahlen hinreichend herumgesprochen. Um genau zu sein, laut meines ersten und zweiten Staatsexamens bin ich sogar berechtigt, Schüler bis Klasse 10 zu unterrichten. Aber ich beglückwünsche mich noch täglich dafür, dass ich Grundschüler unterrichte und das hat auch etwas mit dem Fach Musik zu tun. Denn Grundschüler und Grundschülerinnen lieben Musik. Sie singen gern, tanzen gern, experimentieren gern, setzen Musik gestalterisch um und hören auch gern Musikstücke. Also dieses Fach unterrichte ich auch und auch gern, aber natürlich unterrichte ich nicht nur Musik. Das wäre eine solch große Kraftanstrengung, der ich mich nicht stündlich im Unterricht unterziehen möchte. Also, „nur Musiklehrerin"! Jeder Musiklehrer hat meine allergrößte Hochachtung.

Dass aber professionelle Musiker, die mit ihrer Musik ihr Geld verdienen, gar nicht so hoch von sich denken, durfte ich auf einem Konzert erfahren.
Es ist schon ein der zwei Jahre her. Es war das letzte Konzert der Saison auf Schloss Vornholz in Ostenfelde. Ich war mit

Freunden dort. Als wir den Rittersaal betraten, merkten wir, dass wir unmöglich zusammen sitzen konnten, was wir eigentlich gern getan hätten.

Es war schon so voll, dass jeder von uns eine eigene Ecke zugewiesen bekam.

Ich saß zum Beispiel in der ersten Reihe an einer Wand, an der normalerweise keine Stühle stehen, da der Platz den Interpreten vorbehalten wird. Aber heute war alles anders. Das Konzert, das für draußen im Schlosshof geplant war, konnte wegen des schlechten Wetters eben dort nicht stattfinden und noch mehr Stühle mussten in den Rittersaal geschleppt werden. Ich saß schon ziemlich eng; musste dann aber noch beobachten, dass hinter mir eine zusätzliche Reihe aufgebaut wurde. Es war ein Gerumme und Geräume –gar nicht feierlich. Als endlich alle mehr oder weniger angenehm saßen, begann das Konzert. Es bot sich folgendes Bild. Die Orchestermusiker saßen und waren vom Publikum eingekreist. Der Dirigent, Dr. Burkhard Löher, stand und dirigierte. Sah alles sehr eng aus. Das kleine Orchester spielte zu unserer Freude Mozart und Haydn. Wir Musikliebhaber vergaßen die Enge und spendeten reichlich Beifall.

In der Pause fanden wir Freunde uns wieder im Foyer zusammen und tranken ein Glas Sekt.

Nach der Pause tauchten wir wieder in unsere Ecken ein.

Nun hatte sich aber während wir fröhlich Sekt tranken das Orchester in seiner ganzen Stärke ausgebreitet. Also noch mehr Musiker und noch weniger Platz. Mein Stuhl befand sich jetzt nicht mehr hinter dem Orchester, sondern schon fast im Orchester. Rechts von mir saß ein etwas jüngerer Geiger, links von mir ein im Dienst ergrauter.

Mit aller Macht wollte ich nach hinten rücken. Das ließen aber die, die mit ihren Stühlen schon an der Wand saßen, nicht zu. Also rückte ich nur körperlich ein wenig nach hinten, der Stuhl ließ sich nicht verrücken.

Ich guckte einmal rechts und einmal links zur Seite und entdeckte, dass die beiden Herren Musiker diese Situation recht lustig fanden. Wir tauschten ein paar freundliche Begrüßungsworte aus und lächelten uns an. Auf diese Art ermutigt, sagte ich zu den Herren:

„Tut mir wirklich Leid, aber ich habe heute meine Violine vergessen."

Die beiden Herren reagierten schnell. Fast gleichzeitig boten sie mir ihr Instrument an. Ich wehrte erschrocken ab: „Um der Wahrheit die Ehre zu geben, ich spiele gar nicht Geige. Ich kann das nicht!" Die beiden Herren aber hielten mir jetzt den Bogen hin und meinten: „Ist doch ganz leicht – zwei rechts – zwei links. Kann jeder. Immer nur zwei rechts, zwei links. Bitte!"

Über unserem Gealbere merkten wir etwas verzögert, dass Burkhard Löher schon an seinem Dirigentenpult stand, auf allgemeine Ruhe wartete und natürlich auch auf die Konzentration seiner beiden Musiker. Die merkten sofort, was der Taktstock geschlagen hatte und hoben den Bogen nun in die richtige Richtung. Mich aber traf ein so vernichtender Blick von Burkhard Löher (ehemals Musiklehrer am Gymnasium St. Michael in Ahlen), dass ich es nicht noch einmal wagte, Kontakt mit meinen beiden Teufelsgeigern aufzunehmen. Aber einerlei. Die Freude über mein kleines, menschlich musikalisches Intermezzo konnte mir der tadelnde Blick des Dirigenten nicht nehmen. Und auch nicht den Genuss an der Badinerie von Bach aus der Suite Nr. 2 in b-moll, BWV 1067, die sowohl vom Flötisten, als auch vom Orchester in Harmonie mit dem Dirigenten exzellent dargeboten wurde.

„Köstlich"   *oder „ Warum nicht einmal einen Rosé zum Fisch!"*
Offener Brief an Alfred Biolek!

Sehr geehrter Herr Biolek!
Warum ich Ihnen schreibe?
Lesen Sie!

Ich gehöre zu den Frauen, die eine gewaltige Hochachtung vor allen Leuten haben, die kochen können. Die Betonung liegt auf können. Zwei meiner Freundinnen sind solche Könner. Dorothea besitzt nicht nur 70 Kochbücher. Sie hat auch aus all den 70 Kochbüchern gekocht. Einladungen bei ihr sind mindestens 6 Gänge-Menues und das nicht selten für 15 Personen. Ulrike zaubert auch mal so eben Suppen und Soßen aus dem Hut, sodass einem das Wasser im Munde zusammenläuft, vom Nachtisch ganz zu schweigen.
In mir tief drinnen ist eine große Sehnsucht, auch so kochen zu können, dass ich mir viele Kochsendungen anschaue und mir sage: „Pass auf und lern was, irgendwann kannst du es auch!" Besonders die Kochsendungen mit Ihnen, Herr Biolek, haben es mir angetan. Sie sind so animierend, dass ich am liebsten meinen Fernsehsessel verlassen, den prominenten Star hinaus bitten und an seiner Stelle mit Ihnen mitkochen möchte. Und nach jeder Ihrer Sendungen wächst in mir die Überzeugung: Kochen ist doch gar nicht so schwer. Trotzdem scheue ich mich, Einladungen zum Essen auszusprechen. Sie sind für mich vergleichbar mit Bergbesteigungen, die von mir eine Kraft fordern, die ich nicht habe. Dass ich eingedenk meiner kleinen Kraft einmal zur Tomatensuppe einlud, muss

nicht Wunder nehmen. Da wusste ich mir zu helfen. Ich strich drei unterschiedliche Dosensuppen durchs Sieb und servierte sie mit Sahnehäubchen, geviertelten Kirschtomaten und frischen Gartenkräutern.

So und im letzten Sommer ist etwas ganz Wunderbares passiert und das hat ganz und gar etwas mit Ihnen zu tun, Herr Biolek . Meine dänischen Freunde und ich mieteten uns ein Haus im Norden Seelands. Wir fuhren täglich am frühen Morgen nach Kopenhagen und so gegen 17.00 Uhr wieder zurück ans Meer. Auf dem Rückweg kauften wir stets frisch fürs Abendessen ein. Das Abendessen wurde von meiner Freundin Karen und mir im Sommerhaus zubereitet. Während der Zubereitungszeit kam Flemming, der Mann meiner Freundin, stets mit einem guten Rot- oder Weißwein zu uns, den wir im Küchendunst verkosteten. Und jedes Mal fühlte ich mich in Ihre Sendung versetzt und antwortete auf den guten Weingenuss mit „köstlich", „hervorragend", „hm, ganz besonders" und „den Riesling sollte man nicht unterschätzen" oder „warum nicht einmal einen Rosé zum Fisch".

Im Anschluss an meinen Aufenthalt in Seeland befand ich mich wieder in einer Küche. Diese gehörte meinen deutschen Freunden in Stockholm. Es war eine prächtige Küche und wer in ihr kochen wollte, wollte schon aus Respekt vor der Küche nichts vermasseln. Auch hier ein ähnliches Ritual wie in Dänemark. Wir unternahmen jeden Tag schöne Ausflüge und kochten abends für die Familie und andere Freunde. Meine Freundin Veronika muss wohl nie mitbekommen haben, dass ich eine gar nicht gute Köchin bin. Sie fragte mich ab und an um Rat, und ich lief aufgrund des Vertrauensvorschusses zu meiner Hochform auf. Hackbraten kann ich. Während wir

Frauen kochten, kam wieder der Ehemann mit einem guten Rosé oder Weißwein zu uns und versüßte uns so die Zeit der Zubereitung und ich antwortete mit „köstlich". An meinem letzten Abend in Schweden wollten wir etwas typisch Schwedisches kochen. Wir fuhren in Stockholms „Bauch" und erstanden Renfleisch. Das Rezept war nicht ganz einfach. Es wurden zwei Pfannen eingesetzt, Kochtöpfe und Backofen. Veronika schaute mich während der Zubereitung öfter Rat suchend an. Gott sei Dank rettete uns Brigitte, die eigentlich zum Essen eingeladen war. Dank Brigitte gelang uns alles vorzüglich. Zeit, um zwischendurch Wein zu verkosten, hatten wir nicht. Aber die Männer auf der Veranda prosteten sich glücklich zu. Denn was gibt es für Männer Schöneres, als auf einer schwedischen Veranda Bier zu trinken und sich genüsslich auf das Essen zu freuen, das drei Frauen mit hochroten Köpfen zubereiten. Bei der anschließenden gemütlichen Runde am Essenstisch, an dem wir Frauen auch von den Söhnen der Familie hoch gelobt wurden, war ich ganz und gar davon überzeugt, sehr verehrter Herr Biolek, doch etwas nur vom bloßen Anschauen Ihrer Kochsendungen gelernt zu haben. Diese Gewissheit verstärkte sich noch. Nach mehreren Bieren, Schnäpsen und Weinen wurden die Gespräche ernster Natur. Es ging um das Leben in Schweden, die dunklen Winter, um Christentum und Gott. Und plötzlich stand diese Frage im Raum: Was ist Sünde?
Und nun kommt es! Obwohl ich es hätte besser wissen müssen mit meiner theologischen Ausbildung, antwortete ich: „Alfred Biolek sagt: Es gibt nur eine Sünde, wenn man Parmesankäse gerieben kauft."

Als meine Freunde mir mit dem Brustton der Überzeugung zustimmten und laut „Skol!" riefen, wusste ich, dass ich wenigstens für die Zeit im Norden Europas den Durchbruch zur anerkannten Köchin geschafft hatte.

In welchem Buch verstecken Sie Ihr Geld?

Ja, da habe ich aber gestaunt, als Günter Jauch in seiner Sendung „Wer wird Millionär?" die Kandidatin fragte: „In welchem Buch verstecken Sie ihr Geld?" Die Frage hätte ich mit Leichtigkeit und wie aus der Pistole geschossen beantworten können. Aber die Kandidatin blickte leicht irritiert, hob die linke Augenbraue und konnte auf diese Frage jedenfalls keine Antwort geben. Nun gehörte diese Frage nicht zu den Geldfragen und die Nichtbeantwortung hatte für sie keine negative Konsequenz. Aber menschlich betrachtet verlor die Kandidatin in diesem Moment für mich das Quiz. Und ich hatte den Eindruck für Günter Jauch auch. Er hatte, wie ich, mit einer inhaltlich aufschlussreichen Antwort gerechnet und musste nun in ein verständnislos dreinblickendes Gesicht mit einer hochgezogenen Augenbraue schauen. Das veranlasste ihn, von seinen Eltern zu erzählen, die die Angewohnheit hatten, Geldbeträge in einem ganz bestimmten Buch aufzubewahren. Ja, da hätte ich sitzen sollen, da hätte ich gute Karten gehabt. Wann ich damit anfing, Geldscheine in einem Buch zu deponieren, weiß ich nicht mehr.

Sobald ich Geld von der Bank hole, lege ich einige Scheine in ein Buch. In ein Buch? Nein, ich lege sie in ein ganz bestimmtes Buch. Es handelt sich um das Buch „Frohe Botschaft". Ich habe es nicht wegen des Titels ausgesucht. Auch nicht wegen des Engels, der mit weißem Gewand, roten Flügeln und rotem Heiligenschein auf schwarzem Holz sitzt. Mich hat auch nicht die in den Himmel zeigende linke Hand des Engels für dieses Buch eingenommen. Nein, nein. Das Format hat mich überzeugt und letztlich die Farbe des Buchrückens. Es ist mit seinen 87 Seiten schmal, das DINA5 Format ist handlich und der rote Rücken leicht auszumachen zwischen den anderen Büchern.

Ich hatte nie ein Problem mit dieser Praxis. Ich hatte auch immer eine präzise Erinnerung an das, was sich an Scheinen in dem Buch befand. Obwohl – eine wunderbare Scheinvermehrung hätte ich dem Engel auf dem Titelblatt nicht übel genommen.

Aber das wäre dann eine andere Geschichte als die, die ich hier aufschreibe.

Diese Geschichte hat etwas mit einer Wesensart in uns Menschen zu tun, die ich hier einmal mit „Vorsicht" (sanftes Wort für Misstrauen)bezeichnen möchte.

Vor einer dreitägigen Fortbildungstagung in der Eifel beschloss ich, mein Geld zu transferieren. Ich nahm es aus dem Buch „Frohe Botschaft" heraus und versteckte es in dem Buch „Der Kölner Dom". Es legte mit meiner Hilfe einen kurzen Weg zurück, denn die beiden Bücher standen unmittelbar nebeneinander.

Nach diesen drei Tagen kam ich nicht nur ein wenig wissender, sondern auch gestärkt an Leib und Seele wieder nach Hause zurück. Der Alltag hatte mich wieder und irgendwann brauchte ich dann auch einen Schein aus meinem Buch. Zielstrebig ging ich in mein Arbeitszimmer, griff ins linke Bücherregal und holte das Buch mit dem roten Rücken „Frohe Botschaft" heraus. Als ich es aufschlug, konnte ich keine frohe Botschaft entdecken. Da war kein einziger Schein zu finden. Nichts!

Erschüttert setzte ich mich in meinen Sessel und verdächtigte Gott und die Welt.

Ich redete nicht darüber, denn es war kein Vermögen, aber die Enttäuschung darüber, dass mich jemand bestohlen hatte, war groß.

Ganz bedrückt legte ich mich am späten Abend ins Bett.

Kurz vor dem Einschlafen ereilte mich wie ein Blitzschlag die Erleuchtung. Mein Transfer fiel mir wieder ein. Ich lief in mein Arbeitszimmer, ergriff den „Kölner Dom" und erblickte die drei Geldscheine zwischen den Seiten eins und zwei, drei und vier und fünf und sechs.

Ich nahm sie dankbar und erleichtert entgegen. Ich schämte mich für meine Verdächtigungen und schwor mir, nie mehr ein anderes Buch als „Frohe Botschaft" zu benutzen. Und so ist es auch bis heute geblieben.

Nur etwas kann ich mir seit diesem Vorfall nicht mehr abgewöhnen. Ich schaue immer in die Bücher hinein, die rechts und links von der „Frohen Botschaft" stehen. Könnte ja sein......!

Laufkundschaft oder „abends werden sie munter".

Ich habe in der Zeitung gelesen, dass Geschäftsleute finanzielle Einbußen erleiden, wenn Ihnen die Laufkundschaft fehlt. Eventuell dadurch, dass vor ihrem Geschäft Bauarbeiten durchgeführt werden. Laufkundschaft ist also wichtig. Laufkundschaft? Ich erkläre mir den Begriff so: Laufkunden sind Menschen, die an dem Geschäft nicht vorbeilaufen. Sie sollen hineinlaufen und kaufen. Sie sollen nicht durch eine Baustelle oder irgendein anderes Hindernis davon abgehalten werden, hineinzulaufen und zu kaufen. Die Hindernisse, die Geschäftsleute selbst aufstellen, sind die Verkaufsständer, über die man eventuell fallen könnte, bevor man den großzügig offen gehaltenen Eingang erreicht. Aber das sind dann im Auge des Geschäftes positive Hindernisse.

Laufkunden sind also Menschen, die nicht gezielt in das Geschäft gehen, sondern sich verlocken lassen. Verlocken zum Kauf durch positive Hindernisse, durch schöne Auslagen, guten Geruch oder so. Laufkunden haben gar nicht vor, in einem bestimmten Geschäft zu kaufen. Sie beabsichtigen, nach Münster zu fahren oder Drensteinfurt oder Hamm und dann bleiben sie doch hängen. So ging es mir zum Beispiel an einem sehr trüben Dienstagnachmittag im November. Ich hatte einen späten Termin beim Friseur bekommen und war anschließend noch zu einem Beratungsgespräch ins Brillenfachgeschäft geeilt.

Danach entdeckte ich die schönen Schuhauslagen und ließ mich verlocken. So beschloss ich, nicht in der nächsten Woche nach Münster zu fahren, sondern meinen Schuheinkauf jetzt und hier in Ahlen zu tätigen. Es war allerdings schon 17.50 Uhr.

„Schade", dachte ich, „zu spät, um noch einmal nach Schuhen zu schauen." Aber die Tür des Schuhgeschäftes stand sperrangelweit auf und lud mich ein.

Ich war Laufkundschaft. Ich hatte es gar nicht vor, aber ich ließ mich verlocken.

„Kann ich noch nach Schuhen schauen, oder machen Sie gleich zu?", fragte ich die freundliche Verkäuferin.

„Nein, wir haben bis 18.30 Uhr auf. Keine Eile!"

Ich entdeckte auch gleich schöne, meiner Vorstellung entsprechende Schuhe. So probierte ich zunächst flache Schuhe und anschließend Stiefeletten an. Zwischendurch läuteten die Glocken von St. Marien. 18.00 Uhr.

Die Stiefeletten fand ich sehr schön, aber sie drückten ein wenig an einer bestimmten Stelle.

Und so überlegte ich mit der netten Verkäuferin, was man da wohl machen könne. Ich schaute auf meine Uhr. 18.10 Uhr.

Währenddessen war eine Kundin, sicher keine Laufkundin, sondern eine gezielte Käuferin oder Stammkäuferin in das Geschäft gekommen. Sie trippelte unruhig hin und her und brauchte keine 10 Minuten zum Kauf ihrer spitzen Schuhe. Sie eilte zur Kasse und bezahlte.

Ich saß noch herum.

Meine nette Verkäuferin hatte mir nämlich noch angeboten, nach einer ganz bestimmten Stiefelette im Lager nachzuforschen. 18.15 Uhr.

Während ich auf meine Verkäuferin wartete, entwickelte sich folgendes Gespräch zwischen der Schuhkäuferin der spitzen Schuhe und den an der Kasse stehenden Schuhverkäuferinnen.

Die Kundin, jetzt gar nicht mehr so eilig, begann: „Manche Leute müssen doch immer erst vor Ladenschluss einkaufen!"
Die Verkäuferin etwas zögernd: „Ja, oft!"
Kundin: „Dann suchen sie und meinen, dass die Verkäuferinnen Zeit genug hätten."
Verkäuferin: „Ja, passiert schon."
Kundin: „Meistens sind das die Leute, die den ganzen Tag Zeit zum Einkaufen haben."
Verkäuferin: „Ja, auch."
Verkäuferin: „Ja, stimmt."
Kundin: „Die überlegen gar nicht, dass die Verkäuferinnen schon den ganzen Tag im Laden gestanden haben."
Eine der an der Kasse stehenden Verkäuferinnen wurde jetzt lebhaft.: „Ja, ja. Am schlimmsten ist es oft am Samstag. Da schließen wir um 16.00 Uhr. Die meisten Kunden kommen erst zwischen 15.00 und 16.00 Uhr. Manche erst um 16.00 Uhr. Gibt's alles."
Kundin: „Unverschämt."
Verkäuferin: „Und morgens stehen wir uns die Beine in den Bauch."
Kundin: „Ja, so ist es, aber da denkt keiner dran."
Verkäuferin: „Auch mittags ist es oft still."
Kundin: „Da machen die Senioren ihren Mittagsschlaf und abends werden sie munter."
Verkäuferin: „Vor Feiertagen ist es genau dasselbe. Da wollen sie alle kurz vor Schluss kaufen."
Kundin: „Unverschämt sind solche."

Inzwischen war es 18.20 Uhr. Meine nette Verkäuferin kam zurück.

Die Stiefeletten, die sie mir dann anbot, waren auch schön, aber sie wurden mir am Fuß immer enger.

Käthe, ich sage Dir, der Junge wird doch noch Priester!

Meine Schwiegermutter ist im Jahre 1993 gestorben. Die Jahre vor ihrem Tod hat sie die Hoffnung erfreut, ihr geliebter Enkel Hans Kristian, würde eines Tages den Beruf des Priesters ausüben.

Nun mag sie beobachtet haben, dass Hans Kristian gerne zur Kirche ging, sich nicht um seine Messdienerpflichten drückte und zur Stelle war, wenn Pastor Hövels ihn auf dem Friedhof brauchte. Außerdem war er ein eifriger Kirchenzeitungsausträger. All das mag ihrem Wunsch Flügel gegeben haben.

Aber seine zweite Wallfahrt nach Telgte brachte ihr die innere Gewissheit, dass ihr Enkel ernsthaft auf dem geistlichen Wege war.

„Oma, ich fahre jetzt nach Telgte."

„Wieso? Du warst doch erst gestern mit Mama da."

„Oma, ich habe noch nicht genug gebetet!"

Ach, wie ging Omas Herz da auf. Und wie gern steckte sie ihrem zehnjährigen Liebling einen großen Schein zu.

„Junge, da kannst du doch nicht ohne Geld fahren."

Und er fuhr. Er fuhr mit seinem Fahrrad ganz allein nach Telgte. Schon dieser Kraftakt, 31 km hin und 31 km zurück, hätte eine Belohnung verdient.

Aber warum fuhr er wirklich?

Den Weg war er doch erst einen Tag zuvor mit mir von Sendenhorst aus gegangen.

Und der Weg fiel ihm schwer.

In Alverskirchen klagte er zum ersten Mal über Fußschmerzen und machte so ein jämmerliches Gesicht, dass ich ihm riet:

„Junge, komm, wir steigen in den Bus."

„Nein, Mama, das tue ich nicht!", lehnte er entrüstet ab.

Nach der großen Pause in Alverskirchen nahmen seine Fußschmerzen zu und ich drängte wieder: „Hans Kristian, jetzt
steigen wir aber in den Bus."

„Nein, Mama, noch nicht!", winkte er ab.

Als er aber anfing zu hinken und ich seinen klagenden Blick
auffing, mahnte ich energisch:

„So, jetzt aber Schluss mit Schmerzen, ab in den Bus!"

„Nein, Mama, es geht noch!"

Aber bald ging es wirklich nicht mehr.

Wir waren inzwischen fast am Ende der Prozessionsreihe an-
gelangt und nun etwa zwei Kilometer vor Telgte ganz an de-
ren Ende.

„Junge, jetzt können wir aber wirklich in den Bus steigen. Er
fährt ja nur wenig hinter uns."

Jetzt schien er endlich auch davon überzeugt zu sein, sah sich
um und nickte mir zu.

Aber er hatte noch etwas anderes gesehen. Nämlich stramm
hinter ihm gingen wie ein Bollwerk nebeneinander 5 gestan-
dene Ahlener Männer. Heine Umlauf und Karl Feldhaus waren dabei. Sie schauten auf den pausbäckigen Blondschopf
hinunter, ahnten seinen inneren Kampf und sagten: „Hans
Kristian, gib nicht auf!"

Oh je, das auch noch!

Und? Er gab nicht auf. Hinkend, klagend, wehmütiger Blick
in Mamas Seele und die restlichen zwei Kilometer wurden
auch noch geschafft.

Aber kaum hatte der Fuß den Boden von Telgte berührt, erfuhr derselbe eine wunderbare Heilung. Das Gesicht meines
Sohnes erhellte sich.

Er schritt aus und lächelte.

Sollte wirklich die schmerzhafte Mutter von Telgte ein Wunder gewirkt haben?

Er spitzte die Ohren und spitzte das Näschen.

Welch ein wunderbarer Duft kam ihm da entgegen?

Waren das nicht der Duft gebrannter Mandeln und der Duft gebratener Würstchen?

Welch aufreizende Laute erreichten sein Ohr?

War das nicht wohlbekannter Kirmeslärm? Wie leicht wurde da der Schritt?

Kirmes um Mariä Geburtsmarkt.

Doch zunächst empfing uns mächtig das Glockengeläut der St. Clemens-Wallfahrtskirche und verdrängte den Kirmeslärm.

Und ein wenig später wurde der Duft gebratener Würstchen und gebrannter Mandeln vom Weihrauchduft abgelöst.

Da stießen zwei Wirklichkeiten aufeinander. Aber die machten sich keine Konkurrenz.

Im Gegenteil. Sie werteten sich durch wunderbare Ergänzung gegenseitig auf.

Noch vom Weihrauchdunst umgeben, roch der kleine Pilger die Bratwurst.

Noch vom Läuten der Glocken und vom Dröhnen der Orgel erfüllt, hörte er eine andere Art von Musik. Und mit Inbrunst sang er zusammen mit allen Gläubigen: Großer Gott, wir loben dich!

Und er wurde nicht enttäuscht. Sein langer, zum Teil schmerzhafter Pilgergang erfuhr eine Belohnung, die er dann zusammen mit dem Vater und seinen Geschwistern genießen konnte.

Und warum reichte ihm dieser angefüllte Wallfahrtssonntag nicht?
„Oma, ich habe noch nicht genug gebetet!"
So brach Hans Kristian am Montag noch einmal nach Telgte auf. Seine Oma und ihre Freundin, Käthe Bröckelmann winkten ihm vom Balkon aus so lange nach, bis er aus ihrem Blickfeld verschwunden war.
„Käthe, ich sage dir, der Junge wird doch noch Priester!" Oma Lisbeth sah ihrer Freundin Käthe glücklich in die Augen.

Romano Gamba

Schon sein Vorname klingt wie Musik. Und mit diesem italienischen Namen kam 1953 Musik in unsere Stadt. Nicht,
dass Romano Gamba gesungen oder ein Instrument gespielt
hätte. Das nicht. Aber er brachte in unsere westfälische Enge
etwas, das ganz in die Nähe einer schönen Melodie kam. Mit-
ten in der Stadt auf der Oststraße eröffnete er zusammen mit
seinem Bruder Flavio ein Eiscafe'. Wohlgemerkt – ein italie-
nisches Eiscafe´.

Gerüche von Cappucino und Espresso betörte die Ahlener
Jugend. Das Geräusch der Espressomaschine klang nach großer Welt. Es gab italienische Musik in der Musikbox und
dann das Eis. Dieses Eis. Es zerging auf der Zunge und nur
das italienische Wort für Eis „Gelato" konnte das ausdrücken,
was wir empfanden, wenn diese Köstlichkeit auf unserer Zunge schmolz.

Wer waren wir?
Schüler der verschiedenen Ahlener Schulen, junge Berufstäti-
ge. Wir waren Mitglieder in Vereinen und Chören. Am Sonn-
tag konnte man uns in der Kirche finden und anschließend im
Stenounterricht bei Herrn Tschierswitz.

Manche von uns schafften am Sonntagmorgen auch noch die
Chorprobe bei Dietmar Hahn. Wir spielten uns zu Weihnachten als Maria, Josef, Hirte, Engel, Nachtwächter oder Chronist
die Seele aus dem Leib und freuten uns, wenn unser Verein
´mal einen Ausflug zur Möhne machte.
Und alle lebten wir zu Hause, wo sonst?

Aber geträumt haben wir schon vom eigenen Leben, von mehr
Freiheit. Und hier in der italienischen Eisdiele „Gamba" war
so ein Stück Freiheit. Treffpunkt „Gamba". Wir trafen uns
regelmäßig mit unseren Freundinnen, Mitschülerinnen und
Mitschülern auf ein Eis. Ja, auf 1 Eis. Mehr konnten sich
viele von uns gar nicht leisten. Und sicher wussten das die
Brüder Gamba. Denn, selbst wenn wir den ganzen Nachmittag
nur bei einem Eis saßen. Weder Romano noch sein Bruder
Flavio forderten uns auf, mehr zu bestellen.

So war es uns vergönnt, für nur 30 Pfennig eine Auszeit zu
nehmen und im Ansatz das zu empfinden, was der Italiener
mit la „Dolcefarniente" bezeichnet. Keine Schulsorgen, keine
Hausaufgaben, keine beruflichen und häuslichen Pflichten. Es
war uns vergönnt in wunderbarer Atmosphäre zu genießen,
von italienischer Sonne zu träumen und von Romano.

Ganz Andante oder Andante con moto stand oder bewegte
sich Romano Gamba hinter der gläsernen Theke. Immer
freundlich und ruhig füllte er die Köstlichkeiten aus Eis ge-
konnt in Hörnchen, Becher oder Gläser. Ein Schokobecher,
ein Gambabecher, ein Früchtebecher und andere Kreationen
verwöhnten nicht nur den Gaumen.
Wenn wir Mädchen Romano dabei zusahen, saßen wir ganz
westfälisch „piano" auf den zierlichen Stühlen, aber wenn er
uns ansah, dann gingen unsere Gefühle in Richtung „forte".
Mit Romano Gamba hatte der liebe Gott eine Lichtgestalt in
unsere westfälische Provinz geschickt. Selbst aus Hamm kamen die Mädchen, um Romano anzusehen. Er war einfach
schön.
Und als er dann eine von uns heiratete, eine aus Ahlen, da
fragten wir uns: „Warum sie?"

Doch diese tiefe Erschütterung und die Erkenntnis, schöne Männer sollten allen gehören und nicht nur einer, hielt uns von weiteren Besuchen seines Eiscafes nicht ab.

Besonders gern gingen wir auch nach der Tanzstunde in die „Gamba". Unser Tanzlehrer, Herr Alfred Plathe, war ein unermüdlicher Tänzer und nahm seine Aufgabe sehr ernst und uns richtig „ran". Deshalb lechzten wir alle nach getaner Arbeit nach Abkühlung. So auch ich. Und so spazierte ich eines frühen Abends zusammen mit meinem Abschlussballpartner – Eberhard Laube – in die Gamba auf einen Milchshake.

Wir unterhielten uns angeregt, schlürften unser Glas mit dem Strohhalm aus und verließen das Eiscafe. Erst auf dem Heimweg fiel uns ein, dass wir vergessen hatten zu bezahlen. Eberhard und ich erschraken mächtig. Zurückgehen wollten wir aber nicht mehr. Dafür war es schon zu spät.
„Warum hatte Romano Gamba nichts gesagt? Warum hatte er uns nicht aufgehalten?", fragten wir uns.
Nein, ganz im Gegenteil, er hatte uns freundlich ziehen lassen, ohne ein Wort zu sagen.
Am anderen Tag bezahlten wir den Betrag und entschuldigten uns. Ich fragte Herrn Gamba: „Warum haben Sie denn nichts gesagt und uns gehen lassen?" Er antwortete freundlich: „Ich weiß doch, dass Sie wieder kommen."

Nicht wenig später führte mich mein Weg aus Ahlen heraus. Ich dachte nicht, dass in Ahlen meine Zukunft liegt und ich je wiederkommen würde. Aber ich kam, wie viele Ahlener zurück in diese Stadt.
Jetzt waren wir Familienväter und Familienmütter und führten unsere Kinder ins Eiscafe, in die Gamba. Und oft war es so,

46

dass wir unseren Kindern Arztbesuche oder Einkäufe in Bekleidungsgeschäften dadurch erträglich machten, dass wir ihnen versprachen: „Hinterher gehen wir in die Gamba, dann kannst du dir aussuchen, was du willst."

Als mich mein Sohn Hans Kristian im Alter von etwa 3 oder 4 Jahren vor einem Urlaub nach Dänemark fragte: „Mama, haben die da auch eine Gamba?", wusste ich, dass der Name Gamba für uns alle in Ahlen ob Groß oder Klein gleichzusetzen ist mit Eisköstlichkeiten in aller Welt.

Und nun nach fast 50 Jahren verschwindet ein vertrautes Gesicht aus dem Ahlener Stadtbild.

Romano Gamba kommt mit dem Frühling nicht mehr zurück in sein Café.

Kennen Sie jemanden in Köln?

Vielleicht wäre alles ganz anders gekommen.
Vielleicht hätte diese Begegnung Zukunft gehabt.
Vielleicht.
Aber Walburga Schulze-Holtmann aus der Ortschaft Brock-
hausen war Westfälin.
Nicht, dass das als Erklärung schon genügt.
Es gibt andere Westfälinnen.
Walburga aber war eine Geprägte. Geprägt von heimischer
Scholle, von der träge und trüb dahin fließenden Werse, ge-
prägt von der Flachlandschaft, in der das Auge immer nur bis
zur nächsten Kopfweide findet und geprägt von den Men-
schen auf ihrem elterlichen Hof.
Und genau wie diese Menschen schritt sie einher. Da war viel
westfälische Scholle unter ihren Füßen. Und wenn sie ihre
Freundin Elisabeth zweimal im Jahr in Aachen besuchte, kleb-
te diese westfälische Erde sogar unter ihren Schuhen.
Hätte sie sie nur abstreifen können auf der Fahrt im RE-
Express am 26. Mai.
Ja, hätte sie sie nur.
Vielleicht hätte ihr Leben genau diese Wendung genommen,
die Wendung zur Liebe, die ihre Freundin nach Aachen ge-
führt hatte.

Der 26. Mai 2001 fiel auf einen Sonnabend.
Walburga fuhr schon früh los. Ihr Auto parkte sie auf dem
Parkplatz am hinteren Bahnhofsausgang. Der Regionalexpress
fuhr um 6.40 Uhr von Ahlen ab. Drei Stunden würde sie für
die Fahrt brauchen.
Elisabeth holte sie um 9.40 Uhr in Aachen Hauptbahnhof ab.

Da strahlten die beiden 38 jährigen und ihre Gesichter wurden so jung. Und sie grinsten sich an. Lachten laut, umarmten sich und freuten sich auf einen schönen Tag voller Unbeschwertheit und Muße.

Auch dieses Wiedersehen ging zu Ende und wurde durch die Vorfreude auf das nächste Wiedersehen nicht trüb.

Walburga nahm den Zug, der den Aachener Hauptbahnhof um 18. 19 Uhr verließ. Sie hatte einen Fensterplatz und wollte es sich drei Stunden gemütlich machen. Ein wenig ruhen und die Augen zumachen, ein wenig aus dem Fenster schauen und ein wenig in der Frauenzeitschrift blättern, die ihr ihre Freundin mitgegeben hatte.

Zwischen Aachen und Köln war der RE noch nicht so voll.

Die Klimaanlage war ein wenig zu kalt eingestellt.

Walburga legte ihre schwarze Strickjacke über ihre Knie.

In Stolberg stiegen mehrere Leute zu.

Ein Mann setzte sich neben Walburga, obwohl noch andere Plätze frei waren.

Das passte Walburga nicht. Sie wandte ihr Gesicht ab und blickte angestrengt aus dem Fenster.

Nachdem der Zug sich wieder in Bewegung gesetzt hatte, merkte sie, dass der Mann Kontakt mit ihr aufnehmen wollte.

Er beugte seinen Oberkörper vor und verlagerte seine Körperhälfte in ihre Richtung. Sie schaute noch angestrengter aus dem Fenster. Sie wollte doch nur hier sitzen und in Ruhe gelassen werden.

Ihr Reisenachbar merkte offenbar nichts von ihrer inneren Ablehnung und fragte sie mit großer Freundlichkeit in der Stimme:

„Was haben Sie da auf Ihrem Knie?"

„Eine Jacke."

„Ist Ihnen kalt?"

„Ja."

„So, da ist Ihnen kalt."

„Fahren Sie öfter diese Strecke?"

„Ja."

„So und da wussten Sie vorher schon, dass Ihnen kalt ist?"

„Ja."

„So, dass Ihnen kalt ist, das wussten Sie schon vorher."

Er schwieg. Während des kleinen Gespräches wandte sich Walburga nicht zu ihm um und nahm auch keinen Blickkontakt mit ihm auf. Er sollte merken, dass sie sich nicht unterhalten wollte. Er lehnte sich in seinen Sitz zurück. Dann drehte er sich wieder zu ihr um und fragte:

„Fahren Sie nach Köln?"

„Nein."

„Ach, Sie fahren nicht nach Köln."

„Steigen Sie in Köln aus?"

„Nein."

„Auch nicht."

„Kennen Sie jemanden in Köln?"

„Nein."

„So, Sie fahren nicht nach Köln. Sie steigen nicht in Köln aus. Sie kennen keinen in Köln.

Ja, was bleibt denn da noch über?"

Schweigen.

Dann sprach er halblaut vor sich hin.

„Sie kennt keinen in Köln. Sie steigt nicht in Köln aus. Sie fährt nicht nach Köln."

Eine Frage aber hatte er noch:

„Besuchen Sie jemanden in Köln?"

Soviel Hartnäckigkeit. Diesen Mann wollte sie sich jetzt doch genauer ansehen. Sie wagte einen schrägen Blick.

Sah sehr nett aus. Offenes freundliches Gesicht. Lockige dunkle Haare und nichts als Freundlichkeit auf den Lippen und in den Augen. Ihre Augen trafen sich, ruhten, blickten verwundert. Dann schaute sie weg.

„Nein, ich besuche niemanden in Köln."

Sie drehte ihren ganzen Körper wieder von ihm weg.

Er brauchte einige Zeit, um über alles nachzudenken.

„Wissen Sie, Sie kennen keinen in Köln, besuchen keinen in Köln, steigen nicht in Köln aus und fahren nicht nach Köln. Da fällt mir nichts mehr ein. Da bin ich sprachlos."

„Gott sei Dank!", murmelte sie in seine Richtung.

Er merkte ihren Spott, lehnte sich lächelnd, ein wenig verständnisvoll lächelnd, ja fast mitleidig lächelnd zurück.

Kurz vor Ehrenfeld sprach er wieder:

„Gucken Sie mal. Der Kölner muss sich unterhalten. Wenn er im Bus ist oder in der S-Bahn, im Park oder im Zug, sagen wir mal, wenn er unter Menschen ist. Das ist die Kölner Art. Das geht nicht anders. Und ich bin Kölner, da kann ich nicht anders. Und gerade komme ich von einer Feier, da kann ich nicht sofort abschalten. Wollen Sie nicht doch in Köln aussteigen?

Auf ein Kölsch? Ich lade Sie ein und dann kennen Sie jemanden in Köln und besuchen ihn irgendwann einmal in Köln."

Sie drehte sich jetzt voll zu ihm um, sah noch einmal in seine freundlichen Augen, nahm seine Gestalt wahr und war berührt von dem Gedanken, ihre Fahrt zu unterbrechen, um mit ihm in einer gemütlichen Kölner Kneipe ein Kölsch zu trinken. Sie konnte ja noch den nächsten oder übernächsten Zug nehmen. Sie konnte.

Jetzt fuhr der Zug in den Kölner Hauptbahnhof ein.

Er stand auf, ging aber noch nicht und blickte sie abwartend an.

Als alle Kölnreisenden das Abteil verlassen hatten, stand er immer noch da.

Sollte sie aufstehen?

Sollte sie?

.

Aber da wurde die westfälische Erde unter ihren Schuhen schwer und schwerer, ja, sie klebte fest am Boden. So blieb sie sitzen und schüttelte still verneinend den Kopf. Dann blickte sie von ihm weg in den Kölner Hauptbahnhof hinein. Menschen liefen hin und her. Einige begrüßten sich, andere verabschiedeten sich, zwei umarmten sich.

Er verließ das Abteil.